PAJARULÍ
Poemas para seguir andando

©1999 de la selección José María Plaza
©1999 EDICIONES GAVIOTA, S. L.
Manuel Tovar, 8
28034 MADRID (España)
ISBN: 84–392–8120-X
Depósito legal: LE. 54-2000

Printed in Spain – Impreso en España
Editorial Evergráficas, S. L.
Carretera León – La Coruña, km 5
LEÓN (España)

PAJARULÍ
Poemas para seguir andando

Selección realizada por
José María Plaza

Ilustraciones de
Noemí Villamuza

A Eduardo Soler, Carlos Reviejo y Elena Gómez-Villalba por su ayuda tan gentil y los libros que me proporcionaron. A Matthew Borgens, siempre en primera línea de fuego, porque sin su entusiasmo no hubiera sido posible esta trilología. A Miguel Bosé, Ana Belén y Víctor Manuel por sus canciones infantiles, las pasadas y esperamos que también las futuras.

Y, por supuesto, a Cósima Ramírez, Elena Santidrián, Laura Medrano, Celia García, Cristina Sanz, Blanca Gil, Álvaro Ayuso, Daniel Hidalgo, que están en esa edad de seguir las huellas, y ya muy pronto, de andar sus propios pasos. Espero que la poesía también os ayude.

¡Dejad el balcón abierto!

Si algún lector —del tercer ciclo de Primaria— se inicia en la poesía con este libro, es posible que, en ciertos momentos, le venga un poco grande. No importa; la poesía no es como una novela que, una vez que concluyes la historia, raramente vuelves a ella. La poesía es un género distinto y conlleva otros hábitos: la poesía es para leer, releer, picotear en cualquier momento. Un libro de poesía se puede leer durante toda la vida y nunca se agota.

Si has seguido los dos volúmenes anteriores te darás cuenta de que este tercer tomo, perfectamente independiente, es un paso más para adquirir el hábito o familiarizarte con la poesía. A partir de aquí, y una vez superados los difíciles escollos de la adolescencia, siempre podrás volver, porque la sensibilidad poética —cultivada durante estos años— ha quedado prendida y está ahí. La puerta mágica de la poesía ya nadie la puede cerrar. Poesía, poesía... «¡Dejad el balcón abierto!»

Esta amplia selección poética para la Educación Primaria tiene una concepción global. Aunque los textos se han distribuido en estos tres títulos distintos, hay un buen número de poemas intercambiables. La poesía, ya lo hemos dicho, no tiene un límite de lectura.

Si el libro anterior estaba marcado por el juego

7

de las estaciones, este volumen se ha dividido también en cuatro apartados: Paisajes, Historias, Miradas y Dentro. No son temas, sino actitudes lo que definen cada uno de ellos.

En los Paisajes predominan los sentidos, pero estas visiones pueden ser tanto externas como interiores; las Historias son los poemas de carácter narrativo, los que casi casi se pueden contar, muy aptos para recitar o representar en público; las Miradas están relacionadas con el sentimiento, son paisajes casi interiores, y nos llevan —como el cauce de un río— a la última parte, Dentro, donde predomina la reflexión, la tradición (poemas de Navidad) y la contemplación íntima. Éstas son las nociones generales. Es posible que una mayoría de los poemas no se ciñan mansamente a tal estructura. Es inevitable.

Si los dos primeros volúmenes eran más lúdicos, aquí se incluyen unos cuantos autores importantes de la historia de la literatura española, que los jóvenes lectores encontrarán más adelante en los libros de texto. Si hacemos un repaso por las páginas de los dos últimos libros nos tropezaremos con poetas de la Edad Media —Gil Vicente, Juan del Encina—; de los Siglos de Oro —Lope, Tirso, Calderón—; de la Ilustración —Moratín, Samaniego—; del Romanticismo —Zorrilla, Bécquer—; del Realismo —Campoamor—; del Modernismo —Rubén Darío, Manuel Machado—; de la Generación del 98 —Unamuno,

Antonio Machado—; de la Generación del 27 —Lorca, Altolaguirre, Diego, Prados— y de la posguerra —Hierro, Vivanco, Morales—... Todos los movimientos literarios importantes están aquí. No se han buscado expresamente, pero los poemas llegaban solos.

La selección

En cuanto a la selección, está muy claro que predomina el poema por encima del poeta. Es decir, que no se ha tenido tan en cuenta la importancia de tal autor, como la calidad o la oportunidad de ese texto en concreto.

El nombre que predomina es Juan Ramón Jiménez, el autor de *Platero y yo,* el poeta por excelencia, el hombre que pasó toda su vida dedicado a la poesía y Premio Nobel en 1956. Su poemas, que siempre dicen más de lo que parecen, tienen color, musicalidad, misterio, algo que les hace especialmente aptos para los niños, aun cuando no sean capaces de entrar en ellos a fondo. También hay textos de Lope de Vega, Machado y García Lorca, poetas inmensos, Concha Lagos, José Luis Hidalgo y el argentino Amado Nervo, cuyos poemas iluminaron mis libros escolares.

Tal vez a alguien le llame la atención dos ausencias muy señaladas: Rafael Alberti y Gloria Fuertes, los dos poetas más recurrentes —quizá con Juan

Ramón y Lorca— en cualquier antología para niños. Incluirlos hubiera supuesto una redundancia innecesaria, dado el número de poemas de estos autores en las antologías, y de la abundancia de volúmenes individuales de cada uno de ellos.

Como contrapunto he incluido —y me siento orgulloso— a tres nombres que nunca suelen estar en las antologías infantiles. Son grandes autores, minoritarios y de obra difícil: José Bergamín, el marginado de la Generación del 27; José Ángel Valente, el más hermético de la Promoción del 50, y Francisco Pino, un solitario que siempre fue por libre y en contra de la historia. Sus poemas, con diferentes niveles de lectura, pueden fascinar también a los más jóvenes.

Junto a estos nombres figuran los autores actuales que han dedicado su esfuerzo a la poesía para niños: Germán Berdiales, Carlos Murciano, Carlos Reviejo, Pura Vázquez, Celia Viñas, Gómez Yebra, Yolanda Lleonart, Marcos Leibovich... Finalmente, y si yo mismo me he incluido en estas antologías, es precisamente por su tono de mestizaje, por su carácter popular y de convivencia entre los autores mayores y los que estamos en otras coordenadas, pero que también llevamos la poesía muy dentro y los niños —o la infancia— a flor de piel.

Y junto a todos ellos, se encontrarán nombres que ni yo mismo sé muy bien quiénes son. En los viajes que he hecho por Hispanoamérica, en México,

Guatemala, Perú, Ecuador.., he aquirido libros de lectura para los niños, donde he descubierto —entre bastante hojarasca— algunos poemas «muy lindos» (este es el adjetivo) que he incluido sin dudar en nuestras antologías.

Precisamente *Poemas para seguir andando* se inicia con un texto popular de Ecuador, ligeramente recreado, que fue el primer poema que se aprendió de memoria mi hijo David, a los seis años. La referencia personal también está en el cierre. He querido que el último poema fuese de José Hierro, el mayor poeta contemporáneo, al que tanto quiero y que tuvo la generosidad de prologar mi primer libro —*Pequeña historia sagrada* (1980)— en aquel tiempo en el que yo era osado y poeta, y —por supuesto— «feliz e indocumentado».

Entre ambos textos, entre el nocturno escolar y el villancico humanista, todo un mundo de sentimientos, sensaciones, color, sorpresas, ingenio y musicalidad, que puede servirnos para que veamos la poesía como algo grato, bello, mágico, cercano, compartible, propio..., y ¡algo útil!; sí, útil para la formación íntegra de la persona. «¡Qué difícil es lo fácil!», nos decía Juan Ramón Jiménez.

José María Plaza

11

Paisajes

El pajarito del agua

Sobre la rama mojada
el pajarito cantaba.

Se fue la lluvia y no canta.
Se fue la nube y no canta.
Salió el sol y ya no canta.

Sobre la rama mojada
se quedó mudo y no canta
el pajarito del agua.

Francisco Garfias

14

La luna duerme

Se apagaron las estrellas:
la luna duerme…

Para que no se caiga,
¿quién la sostiene?
En el agua del río
puede caerse.

¡Cuidado, luna,
que el río tiene
piedrecitas de colores,
algas y peces!

Te morderán toda
para comerte…

¡Cuidado, luna!
¿Quién te sostiene?…

¡Si te quedas dormida
vas a caerte!

Popular (Ecuador)

15

Canción otoñal

¡Quién pudiera ser el árbol
que siempre inmóvil se ve!
¡Quién pudiera ser el agua
que no cesa de correr!
¡Yo quisiera ser la roca
que siempre en la cumbre está!
¡Yo quisiera ser la nube
que nunca vuelve a pasar!

Canta el viento entre los pinos;
baten las olas de mar;
la hoja que se llevó el viento
nunca al árbol volverá...

Hay almas como las nubes,
y cual las olas del mar,
y como el viento que pasa
y nunca vuelve a pasar.
Como el árbol y la roca
hay otras almas también,
inmóviles en la tierra
que les ha visto nacer.

Lo estático y lo que vuela.
Y el enigma está en saber
si es más feliz el que aguarda
que el que nunca ha de volver...

Emilio Carrere

17

Florida

Bajo la palma,
al sol,
una paloma había
allá en Florida.

Bajo la palma
la brisa iba y venía
y era otra paloma
que sobre tu hombro
se dormía.

Alberto Baeza Flores

18

Boyas

El mar:
dos ojos
tan rojos
que no se pueden mirar.

Los ojos,
dos mares rojos
porque no pueden llorar.

Vayan mis ojos al mar,
el mar que me dé sus ojos
y el agua para llorar.

José Luis Hidalgo

19

Agua de abril

Mira cómo llueve llueve
sobre las rosas del té,
y cómo llora la niña
por un sueño que no fue.

Mira cómo llueve llueve
sobre las flores de azahar,
y cómo llora la niña
porque no puede soñar.

Agua de abril
que las rosas inclina,
parece puñal
y no pasa de espina.
Pena sutil,
llanto de amor:
¡el agua de abril
no troncha la flor!

Mañana cuando el sol ría
sobre las rosas del té,
las lágrimas de la niña
serán sonrisas también.

Mañana, cuando el sol bese
las flores de azahar,
en los labios de la niña
amor volverá a besar.

¡Que es pena sutil
el llanto de amor,
que el agua de abril
no troncha la flor!

Asunción Delgado

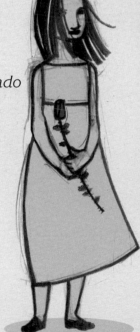

21

Romance del Duero

Río Duero, río Duero,
nadie a acompañarte baja;
nadie se detiene a oír
tu eterna estrofa de agua.

Indiferente o cobarde,
la ciudad vuelve la espalda.
No quiere ver en tu espejo
su muralla desdentada.

Tú, viejo Duero, sonríes
entre tus barbas de plata,
moliendo con tus romances
las cosechas mal logradas.

Y entre los santos de piedra
y los álamos de magia
pasas llevando en tus ondas
palabras de amor, palabras.

Quién pudiera como tú,
a la vez quieto y en marcha,
cantar siempre el mismo verso
pero con distinta agua.

Río Duero, río Duero,
nadie a estar contigo baja,
ya nadie quiere atender
tu eterna estrofa olvidada,

sino los enamorados
que preguntan por sus almas
y siembran en tus espumas
palabras de amor, palabras.

Gerardo Diego

Cazador

¡Alto pinar!
Cuatro palomas por el aire van.

Cuatro palomas
vuelan y tornan.
Llevan heridas
sus cuatro sombras.

¡Bajo pinar!
Cuatro palomas en la tierra están.

Federico García Lorca

Madrugada

El viento rinde las ramas
con los pájaros dormidos.
Abre tres veces el faro
su ojo verde. Calla el grillo.

¡Qué lejos, el huracán,
pone, uno de otro, los sitios!
¡Qué difícil es lo fácil!
¡Qué cerrados los caminos!

Parece que se ha trocado
todo; pero al claror íntimo,
se ven arenas y flores
donde ayer tarde las vimos.

Juan Ramón Jiménez

25

El canario

Dicen que el canario
se tragó una flauta;
dicen que por eso,
cuando llora, canta.

Dios lo hizo de oro,
de oro sus alas,
de oro sus trinos,
de oro su garganta.

Dicen que el canario
se tragó una flauta.
Dicen que por eso
canta, canta y canta.

Carlos Barella

Un ramo de rosas

Para tu ventana
un ramo de rosas
me dio la mañana.

Por un laberinto,
de calle en calleja,
buscando, he corrido
tu casa y tu reja.

Y en un laberinto
me encuentro perdido
en esta mañana
de mayo florido.

¡Dime dónde estás!…
Vueltas y más vueltas;
ya no puedo más.

Antonio Machado

Tarde del trópico

Es la tarde gris y triste.
Viste el mar de terciopelo
y el cielo profundo viste
de duelo.

Del abismo se levanta
la queja amarga y sonora.
La onda, cuando el viento canta,
llora.

Los violines de la bruma
saludan al sol que muere.
Salmodia la blanca espuma:
miserere.

La armonía el cielo inunda,
y la brisa va a llevar
la canción triste y profunda
del mar.

Del clarín del horizonte
brota sinfonía rara,
como si la voz del monte
vibrara.

Cual si fuese la invisible…,
cual si fuese el rudo son
que diese al viento un terrible
león.

Rubén Darío

Tarde de otoño

Los vencejos por el cielo
van volando.
El viento, mal encarado.
Y las hojas, en el suelo,
rodando, rodando.

Son tarjetas de la lluvia.
Premonición de una tarde
que me anuncia su visita
y se invita ella sola

a merendar.

Ayes Tortosa

Junto al mar

Aquí, junto al mar,
el cielo ¡tan cerca!
se puede tocar.

Estrellas de agua
y agua de cristal,
como una campana.

Aquí, en la arena,
el agua se amansa,
el cielo marea.

En la playa, playa,
los niños enredan
con sus manos largas.

Aquí, junto al mar
–¡la vida tan cerca!–
se puede jugar.

José María Plaza

Canción

Entre el clavel y la rosa,
¿cuál es, di, la más hermosa?

El clavel lindo en color
o la rosa todo amor;
el jazmín de honesto olor,
la azucena religiosa...
¿cuál es, di, la más hermosa?

La violeta enamorada,
la madreselva mezclada,
la flor de lino celosa...
¿cuál es, di, la más hermosa?

Tirso de Molina

Estaba la rana...

Estaba la rana
con la boca abierta;
le cayó la luna
como una moneda.

Chapuzón y al charco...

¡Hoy cantó la rana
un cantar tan blanco!

Alejandro Casona

33

Historias

Admiróse un portugués…

Admiróse un portugués
de ver que en su tierna infancia
todos los niños en Francia
supieran hablar francés.
«Arte diabólica es
—dijo, torciendo el mostacho—
que para hablar en gabacho
un fidalgo en Portugal
llega a viejo y lo habla mal,
y aquí lo parla un muchacho».

Nicolás Fernández de Moratín

Doraba la luna el río..

Doraba la luna el río
–¡fresco de la madrugada!–.
Por el mar venían olas
teñidas de luz de alba.

El campo débil y triste
se iba alumbrando. Quedaba
el canto roto de un grillo,
la queja oscura del agua.

Huía el viento a su gruta
y el horror a su cabaña,
y en el verde de los pinos
se iban abriendo las alas.

Las estrellas se morían,
se rosaba la montaña.
Allá, en el pozo del huerto,
la golondrina cantaba.

Juan Ramón Jiménez

Las tres hermanas

Estabais las tres hermanas,
las tres de todos los cuentos,
las tres en el mirador
tejiendo encajes y sueños.

Y yo pasé por la calle,
y miré… Mis pasos secos
resonaron olvidados
en el vesperal silencio.

La mayor miró airosa,
y la mediana riendo
me miró y te dijo algo…

Tú bordabas en silencio,
como si no te importase
como si te diera miedo.

Y después te levantaste
y me dijiste un secreto
en una larga mirada
larga, larga… Los reflejos
en las vidrieras borrosas
desdibujaron tu esbelto
perfil. Era tu figura
la flor de un nimbo de ensueño.

Tres érais tres las hermanas
como en los libros de cuentos.

Gerardo Diego

Las tres hijas del capitán

Era muy viejo el capitán y viudo,
y tres hijas guapísimas tenía;
tres silbatos, a modo de saludo,
les mandaba el vapor cuando salía.

Desde el balcón, que sobre el muelle daba,
trazaban sus pañuelos mil adioses
y el viejo capitán disimulaba
su emoción entre gritos, entre toses.

El capitán murió... Tierra extranjera
cayó sobre su carne aventurera,
festín de las voraces sabandijas.

Y yo sentí un amargo desconsuelo
al pensar que ya nunca las tres hijas
nos dirán adiós con el pañuelo.

José del Río Sainz

Cuentan de un sabio...

Cuentan de un sabio que un día
tan pobre y mísero estaba,
que sólo se sustentaba
de unas yerbas que cogía.

«¿Habrá otro –entre sí decía–
más pobre y triste que yo?»

Y cuando el rostro volvió,
halló la respuesta, viendo
que otro sabio iba cogiendo
las hojas que él arrojó.

Calderón de la Barca

Romance de la pájara pinta

Estaba la pájara pinta
sentada en el verde limón,
con el pico picaba la hoja,
con el pico picaba la flor...
¡Ay, ay, ay
cuánto te adoro yo!

Popular

Estaba la pájara instante
florecida en la espera limón,
con la pasa recoge la meca,
con la meca recoge su amor.
¡Ay mi sol!

Estaba un despacio metido
pajarito en un verde belén,
con el pico se sube al tejado,
con el sube echa a andar un porqué.
¡Ay mi bien!

Pajaraba una niña pintada
escupiendo en un negro cucú,
a la puerta contaba sus tutes
con, de, en, por, sin, sobre, tras tú.
¡Ay Jesús!

Se pintaba una pájara estando
asomada a la verja la infiel,
con la espera recorta su pena,
con su corta repena el querer.
¡Ay mujer!

Sentadita en un bosque de pájaros
la miraba su novio el azor
florecer con la hoja, el piquito
hojear…, la arrebata veloz.
¡Ay dolor!

Estabita la pájara estado
donde estuvo estandito no está,
ni recoge ni coge ni deja,
al azor lo cogió un gavilán.
¡Ay mamá!

Eduardo Chicharro

43

Limerick 6

Un doctor, a un débil ratón,
le mandó darse un atracón.
Sólo dio un atraco
este ratón flaco,
y, claro, ahora está en prisión.

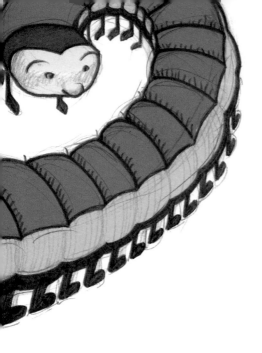

Limerick 8

Un lento ciempiés no sabía
los pies exactos que tenía,
porque si contaba
la noche le daba,
y... ¡a empezar de nuevo otro día!

José María Plaza

Por el val de las Estacas

Por el val de las Estacas
pasó el Cid a mediodía,
en su caballo Babieca:
¡oh qué bien que parecía!

El rey moro que lo supo
a recibirle salía,
dijo: «Bien vengas, el Cid,
buena sea tu venida,
que si quieres ganar sueldo,
muy bueno te lo daría,
o si vienes por mujer,
darte he una hermana mía».

«Que no quiero vuestro sueldo
ni de nadie lo querría,
que ni vengo por mujer,
que viva tengo la mía:
vengo a que pagues las parias
que tú debes a Castilla».

«No te las daré, buen Cid,
Cid, yo no te las daría;
si mi padre las pagó,
hizo lo que no debía».

«Si por bien no me las das,
yo por mal las tomaría».

«No lo harás así, buen Cid,
que yo buena lanza había».

«En cuanto a eso, rey moro,
creo nada te debía,
que si buena lanza tienes,
por buena tengo la mía;
mas da sus parias al rey,
a ese buen rey de Castilla».

«Por ser vos su mensajero,
de buen grado las daría».

Anónimo

Pasó un día y otro día

Pasó un día y otro día,
un mes y otro mes pasó,
y un año pasado había;
mas de Flandes no volvía
Diego, que a Flandes partió.

Lloraba la bella Inés
su vuelta aguardando en vano,
oraba un mes y otro mes
del Crucifijo a los pies
do puso el galán la mano.

Todas las tardes venía
después de traspuesto el sol,
y a Dios llorando pedía
la vuelta del español,
y el español no volvía...

¡Ay del triste que consume
su existencia en esperar!
¡Ay del triste que presume
que el duelo con que él se abrume
al ausente ha de pesar!

La esperanza es de los cielos
precioso y funesto don,
pues los amantes desvelos
cambian la esperanza en celos
que abrasan el corazón...

Así Inés desesperaba
sin acabar de esperar,
y su tez se marchitaba,
y su llanto se secaba
para volver a brotar...

Dos años al fin pasaron
en esperar y gemir,
y las guerras acabaron,
y los de Flandes tornaron
a sus tierras a vivir.

Pasó un día y otro día,
un mes y otro mes pasó,
y el tercer año corría;
Diego a Flandes se partió,
mas de Flandes no volvía...

José Zorrilla

Los cuatro hermanos Quiñones

Los cuatro hermanos Quiñones
a la lucha se aprestaron,
y al correr de sus bridones,
como cuatro exhalaciones,
hasta el castillo llegaron.

«¡Ah del castillo! —dijeron—.
¡Bajad presto ese rastrillo!»
Callaron y nada oyeron,
sordos sin duda se hicieron
los infantes del castillo.

«¡Tended el puente!... ¡Tendello!
Pues de no hacello, ¡pardiez!,
antes del primer destello
domaremos la altivez
de esa torre, habéis de vello...»

Entonces los infanzones
contestaron: «¡Pobres locos!...
Para asaltar torreones
cuatro Quiñones son pocos.
¡Hacen falta más Quiñones!»

Cesad en vuestra aventura,
porque aventura es aquesta
que dura, porque perdura
el bodoque en mi ballesta…»

Y a una señal dispararon
los certeros ballesteros,
y de tal guisa atinaron,
que por el suelo rodaron
corceles y caballeros.

Y según los cronicones
aquí termina la historia
de doña Aldonza Briones,
cuñada de los Quiñones
y prima de los Hontoria.

Pedro Muñoz Seca

Romance de la niña negra

Toda vestida de blanco,
almidonada y compuesta,
en la puerta de su casa
estaba la niña negra.

(Un erguido moño blanco
decoraba su cabeza;
collares de cuentas rojas
al cuello le daban vueltas.)

Las otras niñas del barrio
jugaban en la vereda;
las otras niñas del barrio
nunca jugaban con ella.

Toda vestida de blanco,
almidonada y compuesta,
en un silencio sin lágrimas
lloraba la niña negra.

II

Toda vestida de blanco,
almidonada y compuesta,
en su féretro de pino
reposa la niña negra.

A la presencia de Dios
un ángel blanco la lleva;
la niña negra no sabe
si ha de estar triste o contenta.

Dios la mira dulcemente,
le acaricia la cabeza,
y un lindo par de alas blancas
a sus espaldas sujeta.

Los dientes de mazamorra
brillan a la niña negra.
Dios llama a todos los ángeles
y dice: ¡Jugad con ella!

Luis Cane

Ocaso sentimental

Plazuela del Alamillo;
¡cuánto te recuerdo yo,
con tus floridas ventanas
todas doradas de sol!

Aún existe la casita
del anchuroso portón,
con su escudo en la fachada
y el alegre mirador;
flores, lo mismo que entonces
y el mismo rayo de sol,
y otros novios que se dicen
dulces nonadas de amor.

En la moruna plazuela
sólo faltamos tú y yo.
Con el vaivén de los años
la vida nos separó...

Desde entonces, ¡cuántas sombras
cayeron sobre los dos!
Sólo nuestra vieja plaza
sigue dorada de sol;
mas yo no rondo tu calle,
ni estás tú en el mirador.

Novia a quien no besé nunca,
el azar nos separó.
¡Toda vestida de blanco
te guardo en mi corazón!...

Francisco Villaespesa

¡A los remos, remadores!

Muy serena está la mar,
¡a los remos, remadores!,
esta es la nave de amores.

Al compás que las sirenas
cantarán nuestros cantares,
remaréis con tristes penas
vuestros remos de pesares;
tendréis suspiros a pares,
y a pares, los dolores:
¡esta es la nave de amores!

Y remando atormentados
hallaréis otras tormentas
con mares desesperados
y desastradas afrentas;
tendréis las vidas contentas
con los dolores mayores:
¡esta es la nave de amores!

De remar y trabajar
llevaréis el cuerpo muerto,
y al cabo de navegar
se empieza a perder el puerto:
aunque el mar sea tan cierto,
¡a los remos, remadores!,
esta es la nave de amores.

Gil Vicente

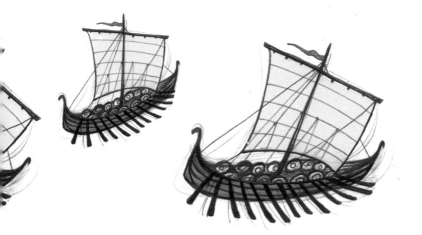

Al ver mis horas de fiebre...

Al ver mis horas de fiebre
e insomnio lentas pasar,
a la orilla de mi lecho
¿quién se sentará?

Cuando la trémula mano
tienda, próxima a expirar,
buscando una mano amiga,
¿quién la estrechará?

Cuando la muerte vidrie
de mis ojos el cristal,
mis párpados aún abiertos
¿quién los cerrará?

Cuando la campana suene
(si suena en mi funeral),
una oración al oírla
¿quién murmurará?

Cuando mis pálidos restos
oprima la tierra ya,
sobre la olvidada fosa
¿quién vendrá a llorar?

¿Quién, en fin, al otro día,
cuando el sol vuelva a brillar,
de que pasé por el mundo
¿quién se acordará?

Gustavo Adolfo Bécquer

Barrio de los marineros

¡Barrio de los marineros
en donde estaba mi amor!
Al fondo de cada calle,
un mar de rosas y de sol.

Haciendo redes, cantaban
cinco muchachas en flor,
y cinco marineritos
coreaban la canción.

«A la niña blanca aquella
–¡ay qué dolor, qué dolor!–
un marino genovés
se la llevó…»

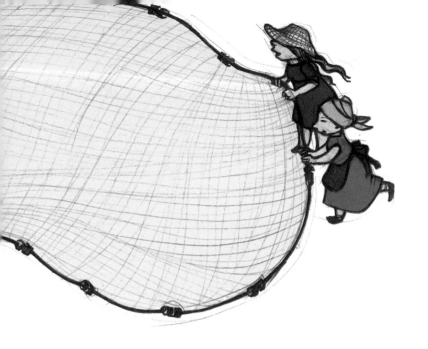

Se iba la canción doliente
sobre la brisa hacia los
mástiles ensangrentados
de poniente y de ilusión.

Y yo pasaba soñando
–¡barrio de los marineros
en donde estaba mi amor!–,
soñando, por esas calles,
hacia el mar de rosa y sol...

José María Pemán

Miradas

No me mires a los ojos...

No me mires a los ojos,
sino a la mirada; mira
que quien se queda en la carne
no llega nunca a la vida.

Mírame como a un espejo
que te mira; que quien mira
no más que a ojos de la carne,
según va mirando, olvida.

Miguel de Unamuno

Pajarita de papel

La pajarita de papel
no tiene alas para volar,
pero tiene un piquito para comer.

La pajarita de papel
la hizo un niño de ojos azules
y ojos le puso como los de él.

La pajarita de papel
que tiene pico para comer
y tiene ojos para mirar,
se siente triste sin comprender
su falta de alas para volar.

Julio Zerpa

Cantares a la abeja

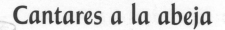

Si el que ve la abeja afirma
sin ver a la flor, que hay flor,
¿cómo aquel que siente al alma,
si la siente, niega a Dios?

Si todo el ser de la abeja
pide, clama, busca flor,
di, si la flor no existiera,
la abeja ¿sería o no?

La realidad de la abeja
se condiciona a la flor:
sin ella, otro ser sería
la abeja, ¡que abeja no!...

Si la flor, abeja y miel
son prueba exacta y razón,
¿no serán razón y prueba,
alma y bien también de Dios?

Francisco Pino

Canción de paz

¡A la guerra te llevan, amor!
¡Qué lejos te vas!
¡A la muerte te llevan, mi amor!
¿Volverás?... ¿No volverás?...

Bravo guerrero que estás
lejos del plácido hogar
sembrando luto y pavor,
no olvides esta canción
fraternal:

¡No hay más gloria que la paz,
ni más ley universal
que el amor!...

Vicente Medina

Preludio

Las alamedas se van,
pero dejan su reflejo.

Las alamedas se van,
pero nos dejan el viento.

El viento está amortajado,
a lo largo bajo el cielo.

Pero ha dejado flotando
sobre los ríos, sus ecos.

El mundo de las luciérnagas
ha invadido mis recuerdos.

Y un corazón diminuto
me va brotando en los dedos.

Federico García Lorca

Nostalgia

Hace ya diez años
que recorro el mundo.
¡He vivido poco!
¡Me he cansado mucho!

Quien vive de prisa no vive de veras,
quien no echa raíces no puede dar frutos.

Ser río que corre, ser nube que pasa,
sin dejar recuerdo ni rastro ninguno,
es triste, y más triste para quien se siente
nube en lo elevado, río en lo profundo.

Quisiera ser árbol mejor que ser ave;
quisiera ser leño mejor que ser humo;
y al viaje que cansa
prefiero el terruño...

José Santos Chocano

Pradera

El pecho de mi caballo
ancho se agranda viniendo
solo y desnudo, trotando.

Un silencio transparente
cubre con su luz el llano.

Con larga cola ondulada
la grupa de mi caballo
se aleja sola y desnuda,

nube redonda trotando.

Manuel Altolaguirre

Canciones

El amigo verdadero
debe ser como la sangre,
que acude siempre a la herida
sin esperar que la llamen.

Toda la vida corriendo
tras de la felicidad.
¡Y a fuerza de correr tanto
nos la dejamos atrás!

Corazón, no te humille
el verte herido.
Es más noble ser carne
que ser cuchillo.

Manuel del Palacio

Contraste

Muere la flor, al nacer,
al soplo del viento leve:
todo pasa, todo es breve,
muere el dolor y el placer.

Todo marcha a perecer
en las sombras del olvido,
todo calla ante el ruido
del tiempo demoledor.

Y donde muere la flor
construye un ave su nido.

Francisco Flores

A mi sombra

Sombra, triste compañera
inútil, dócil y muda,
que me sigues dondequiera
pertinaz, como la duda.

Amiga que no se advierte,
compañera que se olvida,
afirmación de la vida
que hace pensar en la muerte.

Retrato, caricatura.
Algo que soy yo y no es nada.
Cosa singular y pura,
al par que broma pesada...

Dime, pues, en la postrera
hora, en el último trance,
cuando la luz no me alcance,
¿tú dónde irás, compañera?

Compañera que se olvida,
amiga que no se advierte,
afirmación de la vida
que hace pensar en la muerte.

Manuel Machado

Sobre el tiempo y la vida

Tú no sabes lo que esperas,
pero lo estás esperando
igual que si lo supieras.

El tiempo es corto o es largo,
y va despacio o deprisa
según lo que esté pasando.

Lo más absurdo de todo,
lo que te pasa en la vida
es que encuentras la verdad
y te parece mentira.

No sabes lo que es el tiempo
hasta que no te das cuenta
de cómo lo estás perdiendo.

Esperar, ¿por qué esperar?
si no hay por qué esperar nada,
si todo pasa y se queda
en el instante que pasa.

José Bergamín

Busca en todas las cosas...

Busca en todas las cosas un alma y un sentido
oculto; no te ciñas a la apariencia vana;
husmea, sigue el rastro de la verdad arcana,
escudriñante el ojo y aguzado el oído...

Ama todo lo grácil de la vida, la calma
de la flor que se mece, el color, el paisaje;
ya sabrás poco a poco descifrar su lenguaje...
¡Oh, divino coloquio de las cosas y el alma!

Hay en todos los seres una blanda sonrisa,
un dolor inefable o un misterio sombrío.
¿Sabes tú si son lágrimas las gotas de rocío?
¿Sabes tú qué secretos va contando la brisa?

Atan hebras sutiles a las cosas distantes;
al acento lejano corresponde otro acento...
¿Sabes tú dónde lleva los suspiros el viento?
¿Sabes tú si son almas las estrellas errantes?

No desdeñes al pájaro de argentina garganta
que se queja en la tarde, que salmodia a la aurora;
es un alma que canta y es un alma que llora...
¡Y sabrá por qué llora y sabrá por qué canta!

Busca en todas las cosas el oculto sentido;
lo hallarás cuando logres comprender su lenguaje;
cuando sientas el alma colosal del paisaje
y los ayes lanzados por el árbol herido...

Enrique González Martínez

Nada más remoto...

Nada más remoto
que lo que tenemos,
que lo que tuvimos,
que en lo que las torres
lejanas nos hizo
mejores un día
que nosotros mismos.

José Ángel Valente

78

La estrella

En el naranjo está la estrella.
¡A ver quién puede cogerla!
¡Pronto, venid con las perlas,
traed las redes de seda!

En el tejado está la estrella.
¡A ver quién puede cogerla!
¡Oh, qué olor de primavera
su pomo de luz eterna!

¡En los ojos está la estrella!
¡A ver quién puede cogerla!
¡Por el aire, por la hierba,
cuidado, que no se pierda!

¡En el pozo está la estrella!
¡A ver quién puede cogerla!

Juan Ramón Jiménez

Hojas del calendario

Las hojas del calendario
con el viento loco van;
las horas de nuestra vida
¿qué viento las llevará?

Nuestra mano temblorosa
cada día va a arrancar
la hoja de papel, que es una
puerta de la eternidad.

Las que arrancó nuestro anhelo
y las que aún ha de arrancar
son pedazos de la vida
que no han de volver jamás.

¡Horas de amor y de gloria!
¡Horas de la adversidad!
¡Quién pudiera detener
el minuto que se va!

El dolor y la alegría,
después de pasados ya,
dejan el mismo sabor
de nostalgia y ansiedad.

Las hojas del calendario,
símbolo de lo fugaz,
son el montón de hojas secas
que forman la eternidad...

Emilio Carrere

Haikus

Amanecer

Cada mañana,
como una flor que se abre
el gorrión canta.

Tortuga de agua

Te mueves sola,
pero es como si alguien
te diese cuerda.

Abejorro

Cuando planeas,
los pétalos se curvan.
Turbada flor.

Mosquito

Mota de polvo
que suena en la distancia.
Perdigón. Daga.

Paisaje

En la tormenta,
las gaviotas tienen
las alas roncas.

José María Plaza

83

Dentro

Dentro

Creíamos que todo estaba
roto, perdido, manchado…
Pero dentro, sonreía
lo verdadero, esperando.

¡Lágrimas rojas, calientes,
en los cristales helados!…
Pero dentro, sonreía
lo verdadero, esperando.

Se acababa el día negro,
revuelto en frío mojado…
Pero dentro, sonreía
lo verdadero, esperando.

Juan Ramón Jiménez

Siesta

Entre un álamo y un pino
mi hamaca se balancea.
Hojitas de verde plata
bailan sobre mi cabeza:
hojitas de verde oscuro
el verde las contonea.

Dulce pereza me llueve
del sol que las atraviesa.
Los juncos de celuloide
montan su guardia en la arena.

El Duero moja las cañas
y se abanica con ellas.
El río pasa y se va:
mi barca se queda en tierra.

Llenos de verdes y azules,
mis ojos
se cierran.

Ángela Figuera Aymerich

Al mirar tus ojos

Al mirar tus ojos
se nubla el cielo,
que hasta el sol y los astros
tiemblan al verlos.

Tiemblan al verlos,
porque su luz tan viva
los deja ciegos.

José Bergamín

(Infancia)

La torre, madre, más alta
es la torre de aquel pueblo;

la torre de aquella iglesia
hunde su cruz en el cielo.

Dime, madre, ¿hay otra torre
más alta en el mundo entero?...

—Esa torre sólo es alta,
hijo mío, en tu recuerdo.

Baldomero Fernández Moreno

Ante el río

Todo lo que arrastra el río
bajo su aparente paz:
ramas, hojas…

Yo, entre juncos, en la orilla,
viendo las ramas pasar,
viendo pasar lo que pasa,
lo que nunca volverá,
lo que la corriente arrastra
ignorando su final.

Yo, entre juncos, en la orilla,
viendo las hojas bogar,
mirando el agua del río,
agua que no volverá;
mirando ramas y hojas,
que ignoran a dónde van,
ya casi sin ver las cosas
de tan atento mirar.

Tiro una piedra en el agua
para sorprender su paz.
Las ondas se pierden hondas
y el agua vuelve a soñar.

Todo lo que arrastra el río,
lo que ignora su final:
ramas, hojas…

Yo, por la orilla de juncos,
sin saber ya qué pensar,
viendo pasar a las hojas,
viendo la vida pasar.

Concha Lagos

Mi corazón

El oleaje del mar
se lo quería llevar.

Y yo me tiré a salvarle.
(Hubo un algo que temblaba
en el azul de la tarde…)

Y el oleaje del mar
no se lo pudo llevar.

Concha Méndez

Ojos de puente los míos...

Ojos de puente los míos
por donde pasan las aguas
que van a dar al olvido.

Sobre mi frente de acero,
mirando por las barandas,
caminan mis pensamientos.

Mi nuca negra es el mar
donde se pierden los ríos
y mis sueños son las nubes
por y para las que vivo.

Ojos de puente los míos
por donde pasan las aguas
que van a dar al olvido.

Manuel Altolaguirre

Por un ventanal...

Por un ventanal,
entró la lechuza
en la catedral.

San Cristobalón
la quiso espantar,
al ver que bebía
del velón de aceite
de Santa María.

La Virgen habló:
«Déjala que beba,
San Cristobalón».

Sobre el olivar,
se vio a la lechuza
volar y volar.

A Santa María
un ramito verde
volando traía.

Antonio Machado

Versos sencillos

Cultivo una rosa blanca,
en julio como en enero,
para el amigo sincero
que me da su mano franca.

Y para el cruel que me arranca
el corazón con que vivo,
cardo ni oruga cultivo:
cultivo una rosa blanca.

José Martí

Vida

Entre mis manos cogí
un puñadito de tierra.
Soplaba el viento terrero.
La tierra volvió a la tierra.

Entre tus manos me tienes,
tierra soy. El viento orea
tus dedos, largos de siglos.

Y el puñadito de arena
–grano a grano, grano a grano–
el gran viento se lo lleva.

Dámaso Alonso

Calle lejana

Tan colgada de balcones
y tan angosta la calle,
que por lo estrecha que era
apenas cabía el aire.

Por esa calle pasamos
un día de primavera
enlazados de las manos.

Concha Méndez

Cancioncilla del Niño Dios

Qué feliz la paja es
bajo la luz de la luna;
porque a Dios sirve de cuna
es ya más gloria que mies.

Cantad, pastores, cantad,
que es noche de Navidad.

A Dios arrulla y sostiene
la paja tierna y delgada.
La paja que a Dios contiene
es ya más cielo que nada.

Cantad, pastores, cantad,
que es noche de Navidad.

Rafael Morales

Canción de otoño

En la casa silenciosa
el viento pensando está
cosas que por ser de viento
el viento se llevará,
mientras un grillo olvidado
en la inmensa oscuridad
añade al mar del silencio
su gota de soledad.

Viento de otoño,
¿qué pensarás?...

En los umbrales desiertos
el viento llorando está
cosas que con él se fueron
para no volver jamás;
pero el corazón, que espera
sin cansarse de esperar,
oye pasos que se acercan
en los pasos que se van...

Francisco Luis Bernárdez

Las pajas del pesebre...

Las pajas del pesebre,
niño de Belén,
hoy son flores y rosas,
mañana serán hiel.

Lloráis entre las pajas
de frío que tenéis,
hermoso niño mío,
y de calor también.

Dormid, cordero santo,
mi vida, no lloréis,
que si os escucha el lobo,
vendrá por vos, mi bien.

Dormid entre las pajas,
que aunque frías las veis,
hoy son flores y rosas,
mañana serán hiel.

Las que para abrigaros
tan blandas hoy se ven
serán mañana espinas
en corona cruel.

Mas no quiero deciros,
aunque vos lo sabéis,
palabras de pesar
en días de placer.

Que aunque tan grandes deudas
en paja cobréis,
hoy son flores y rosas,
mañana serán hiel.

Dejad el tierno llanto,
divino Emanüel,
que perlas entre pajas
se pierden sin por qué.

No piense vuestra madre
que ya Jerusalén
previene sus dolores,
y llore con José.

Que aunque pajas no sean
corona para Rey,
hoy son flores y rosas,
mañana serán hiel.

Lope de Vega

Pues andáis en las palmas...

Pues andáis en las palmas,
Ángeles tantos,
que se duerme mi niño,
tened los ramos.

Palmas de Belén
que mueven airados
los furiosos vientos
que suenan tanto.
No le hagáis ruido,
corred más paso,
que se duerme mi niño,
tened los ramos.

El niño divino,
que está cansado
de llorar en la tierra
por su descanso,
sosegar quiere un poco
del tierno llanto,
que se duerme mi niño,
tened los ramos.

Rigurosos yelos
le están cercando,
ya veis que no tengo
con qué guardarlo.
Ángeles divinos
que vais volando,
que se duerme mi niño,
tened los ramos.

Lope de Vega

Cantiga

Blanca sois y colorida,
¡Virgen santa!

En Belén, lugar de amor,
de una rosa nació flor,
¡Virgen santa!

En Belén, de amor lugar,
nació rosa de un rosal,
¡Virgen santa!

De la rosa nació flor,
Jesús Nuestro Salvador,
¡Virgen santa!

Nació rosa del rosal,
Dios y hombre natural,
¡Virgen santa!

Gil Vicente

Villancico del silencio

¿Para qué?
¿Para qué queréis cantar
si el Niño dormido está?

La estrella lo alumbra y vela
mientras le mece María.
Guardad silencio, pastores,
que el Niño despertaría.

¿Para qué?
¿Para qué queréis cantar
si el Niño dormido está?

Concha Lagos

Villancico

Sólo los ángeles cantan:
«¡Paz en la tierra!»

Los magos vienen soñando
o hablan de estrellas.

Lo que cantan los pastores
tiene otra letra.

Al niño que está en la cuna,
le dan pena.

José Hierro

Queremos agradecer la autorización y/o colaboración para reproducir los poemas a los siguientes autores o a sus correspondientes herederos legítimos propietarios de los *copyright* de los poemas: Francisco Garfias, Emilio Carrere, Alberto Baeza Flores, José Luis Hidalgo, Asunción Delgado, Gerardo Diego, Federico García Lorca, Juan Ramón Jiménez, Carlos Barella, Antonio Machado, Rubén Dario, Ayes Tortosa, Tirso de Molina, Alejandro Casona, Nicolás Fernández de Moratín, José del Río Sainz, Calderón de la Barca, Eduardo Chicharro, José Zorrilla, Pedro Muñoz Seca, Luis Cane, Francisco Villaespesa, Gil Vicente, Gustavo Adolfo Bécquer, José María Pemán, Miguel de Unamuno, Julio Zerpa, Francisco Pino, Vicente Medina, José Santos Chocano, Manuel Altolaguirre, Manuel del Palacio, Francisco Flores, Manuel Machado, José Bergamín, Enrique González Martínez, José Ángel Valente, Ángela Figuera Aymerich, Baldomero Fernández Moreno, Concha Lagos, Concha Méndez, José Martí, Dámaso Alonso, Rafael Morales, Francisco Luis Bernárdez, Lope de Vega y José Hierro.